달콤 중독

강은진

서울에서 태어났다.

이화여자대학교 국어국문학과를 졸업하고, 고려대학교 대학원 국어국문학과에서 공부했다.

2011년 『문화일보』 신춘문예를 통해 시인으로 등단했다.

시집 『달콤 중독』을 썼다.

파란시선 0069 달콤 중독

1판 1쇄 펴낸날 2020년 10월 26일
지은이 강은진
디자인 최선영
인쇄인 (주)두경 정지오
펴낸이 채상우
펴낸곳 (주)함께하는출판그룹파란
등록번호 제2015-000068호
등록일자 2015년 9월 15일
주소 (10387) 경기도 고양시 일산서구 중앙로 1455 대우시티프라자 B1 202호
전화 031-919-4288
팩스 031-919-4287
모바일팩스 0504-441-3439
이메일 bookparan2015@hanmail.net

ⓒ강은진, 2020, printed in Seoul, Korea

ISBN 979-11-87756-81-1 03810

값 10,000원

달콤 중독

강은진 시집

시인의 말

이미 없는 것과 영원히 있는 것 사이에

안녕, 인사를 놓아둔다

이제 당신의 차례

차례

시인의 말

제1부

셀프 레시피 - 11

휘발성 - 13

공중 정원 연인 - 14

기호들 - 16

오드 아이드 캣 - 18

수어(手語) - 20

오렌지 케이크가 익어 가는 아침 - 22

어느 종말론자의 드레스 코드 - 24

이즘 - 26

소멸하는 소년들 - 28

만타가오리 - 30

검정에 가까운 보라 - 32

절두(切頭) - 34

폼페이 - 36

제2부

일기예보 - 41

이것은 바나나입니까? - 42

달콤 중독 - 44

질식 - 46

통증에 대한 낭만적 이해 - 48

어제의 기분으로 - 50

배로 기는 발 - 52

고양이 목숨은 아홉 개 — 54
식물 야행(夜行) — 56
뚜껑의 새로운 쓸모 — 58
범람 — 60
불타는 나무 — 62
렐리기오 — 64

제3부
사소한 요일 — 69
불안 — 71
버드이팅(Bird-Eating) 타란튤라와 연애하는 방법 — 72
현기증 — 74
낙지의 형이상학 — 76
하모노그래프 — 78
냄새들 — 80
유성우 — 82
꽃과 꽃무늬 사이 — 84
가변형 벽체 — 86
꼬리를 주제로 한 두 개의 신파 — 88
해피엔딩 — 90
고양이와 걷는 밤 — 92
비운 — 94

제4부
모래로 만든 저녁 — 99
솜틀집 가는 날 — 100

허기 – 102

바디 블루스 – 104

횡단 – 106

안녕하세요 – 108

레드 벨벳 – 110

카르마의 눈 – 112

안구건조증 – 114

물속 깊이 꽃들은 피어나고 – 116

이상한 꿈 – 118

눈의 서사 – 120

실어(失語) – 124

해설
임지훈 사랑의 잔향, 잔향의 사랑 – 126

제1부

셀프 레시피

백조기 배를 가른다
내장 속에 들어 있는 반쯤 삭은 물고기

그렇게 눈 뜨고 천천히 소화되는 느낌은 어떨까
껍질부터 녹아내리는 쾌감 같은 것

점점 투명해져 내 심장의 표정까지 드러날 때
나는 깨어서 소화의 감각을 받아들일 수 있는지
누구에게든 물어야 하는 해독의 시간

그렇게 완벽히 너에게 흡수되면
너의 아가미로 붉게 호흡하고
너의 혀로 흐르는 물살을 휘감고 싶어

너는 나를 삼키고 잠시 배가 부르고
가벼운 옆구리 통증을 지나 종결됐지만
이름 없는 작은 혈관에도 내 지문을 남기지
꾹꾹 눌러 납작해진 말들을 비석처럼 새길 거야

백조기 배를 가르다 눈을 뜬다

그 속에서 쾌활하게 소화되고 있던 물고기
방금 나에게 윙크했니?

달콤한 부패의 향기가
축축한 나무 도마 위에 길게 눕는데
기억을 도려내던 칼끝이 느리게 튕겨져 나가고
긁어내다 만 내 비늘은 함부로 고쳐진 이목구비 같다

관계의 가장 낮은 쪽으로 보글거리는 오늘의 요리 시간
가끔은 시작이 기억나지 않는 여행

자, 이제 나를 음미해 주세요

휘발성

정육점에 진열된 고기의 감정이 규정되었다

들판에서 풀 뜯고 노래하던 행복한 소

소의 감정은 이미 소를 떠났고
내 감정은 과거로 달아나 누군가에게 읽힌다
나는 들키지 않으려고 농담을 연습한다
새벽의 습기처럼 쉽게 증발하는 감정

나는 가방 크기에 알맞게 착착 잘 접히는 뼈를 가졌고
휴대가 간편한 슬픔과 여행하는 방법을 익혔으므로
화려하게 얼굴을 바꾸는 변검술사의 손을 주목할 것

가끔 아무 상처도 없이 흉터가 돋는다
외눈박이의 사라진 눈알 같은 기분

읽고 있던 시집을 던져 파리를 잡았다
파리의 감정과 시집의 감정이 통일되었다

이 고기는 너무 질겨 씹을 수가 없다

공중 정원 연인

당신은 나의 징조
그 얼굴에 내 표정이 지어진다

분명 당신과 만났는데 내 앞엔 항상 빈 의자가 있었다
나는 의자 위 허공에 당신을 그려 넣고 눈을 맞췄다
그리고 사랑해, 속삭이며 불을 붙였다
앞에 없는 당신의 턱수염이 활활 타올랐다

내가 슬프면 언제나 당신은 화를 냈고
우리는 같은 길을 따로 걸어
공중에 복잡하게 얽힌 실뿌리를 내리며 잠이 들었다

디딜 곳이 없어 구불거리며
뿌리들이 얼음 숲처럼 자라났다

말라붙은 우리를 지탱했던 것은
뿌리가 아니라 뿌리에 대한 상상이었으니까
　하지 못한 말이나 일어나지 않은 일 따위의 세상에 없
는 것들을
　밤새 공중에 대롱대롱 매달아 놓곤 했다

나는 언젠가 저 뿌리에 목이 감겨 죽을 테지

불안한 예고는 늘 뒤늦게 도착하므로
타고 남은 잿더미에 말없이 서로의 발을 파묻어 줄 때
내 얼굴엔 당신의 표정이 지어지고
어떤 기미 같은 이파리들이 무성한 공중이다

떠난 적이 없어 돌아올 수 없는
이 이상한 부재

기호들

딸기 사탕에 개미의 표정이 달라붙는다
얼굴은 정확히 반으로 접힌다
좌우대칭의 안락함

멀리 식당 유리창에 크게 적힌 **김두삼**
가까이 가면 작은 글자들이 그 옆에 옹기종기 붙어 있다
김치 **두**부 **삼**겹살
그 가지런한 도열이 마음에 든다

김치에 두부에 삼겹살에
끈적하게 매달려 있는 건 내 감정들

목구멍 깊숙이
스무 살의 겨울과 아빠와 메리 같은 죽은 것들을 넣고
몇 개의 당신들을 잘게 뱉어 낸다

누군가 내 귓불을 양쪽으로 길게 잡아당겨 놓았는데
코가 간질거린다

오늘도 견딜 것인지 취할 것인지

선택해야 하는 순간

딸기 사탕에는 딸기가 없고 개미에겐 허리가 없다는 당
혹

모르는 남자가 그립다고 말하는 순간
정말 그가 그리워진다
아니어도 상관없다

새들은 구름의 허리를 물어뜯으며 석양 뒤로 사라지고
나는 정확히 반으로 응축되어 녹아내리다
붉고 달콤한 표정으로 일목요연하게 정렬될 테니까

오드 아이드 캣

내 왼쪽 눈은 이제 빛나지 않아
있잖아 딤, 그건 말야
내 눈이 너무 많은 빛을 흡수한다는 거야

내가 볼 수 없는 것에 대해 네가 말할 때
진공의 깨진 틈으로
죽은 자의 말들이 광속으로 들이닥친다

이상하지 딤,
반짝인다는 건 힘껏 버틴다는 건데
그 많은 빛들이 내 눈으로 쏟아져 들어와서는 사라져
버려
마치 목매 죽은 사람의 풀려 버린 괄약근처럼

눈을 뜨면 조금 어둡고
눈을 감아도 조금 어두워
거기 있지? 딤?

어떤 감각 내부에
슬픔과 두려움의 중간쯤인 감정이 있어

너를 향해 느닷없이 빛나는 촉수가 자라난다

투명한 딤, 나의 창, 나의 목소리
너는 밤에 노래하고
나는 낮에 왼쪽 눈을 감아

내가 볼 수 없는 것에 대해 네가 말할 때
우리 서로 고개를 끄덕이며
어느 다른 나라의 체리처럼 붉은 외투를 입고
중간쯤에서 만나

네가 부르는 소리 없는 노래를 따라
나는 마침내 있는 힘껏 진공이 될 거야

수어(手語)

보이지 않는 삼각형이 있다고 생각하세요. 나는 행복합니다 나아는 행보옥합니다. 그는 오른손을 턱에 댔다가 앞으로 길게 잡아 빼며 입과 손으로 거의 동시에 말을 했다.

행복과 삼각형 사이는 너무 멀고 막막해서, 언젠가 길을 잃고 공포에 떨었던 어두운 골목이 떠올랐다. 그리고 그곳의 구석진 모퉁이를 조금 잘라 낸 삼각형을 상상했다. 그가 나를 보며 취객처럼 웃었기 때문에 방 안의 공기가 약간 비틀거렸다.

끅끅끅 미안해요 오해하지 말아요. 난 원래 웃음이 많아요. 당신은 계속…… 나는 팬티입니다, 하고 말해요. 끅끅끅 난 원래 아주 잘 웃으니까 오해하지 말아요 절대로.

내장들에 구멍이 숭숭 뚫리는 기분이 들면 소리가 사라진다. 버려진 개처럼 걷는다는 것, 그 거대한 적막의 내밀한 밑바닥이 된다는 것.

그럼에도 불구하고는 손바닥을 뒤집는 것이다. 전 부치는 거 아니에요. 그가 나를 보며 다시 끅끅끅 웃었다. 나를 제외하고 거의 모두가 행복해졌다.

도망치지 마 비겁해. 내 시를 읽은 사람이 말했다. 난 아무도 볼 수 없는 작은 삼각형을 상상했을 뿐이었고 그 안에 사는 놈아였으니까, 거울에 비친 말만 따라 배웠으니까.

나는 비겁한 팬티입니다. 그럼에도 불구하고 전을 부치고 있죠. 입을 굳게 다물고 있지만 사실은 쉬지 않고 당신에게 말하고 있어요. 오해하지 말아요 절대로.

오렌지 케이크가 익어 가는 아침

어지럼증을 앓는 사람의 눈빛으로 새벽이 오기도 했다
너의 밤과 나의 아침이 뒤섞이고
보이는 사람과 보이지 않는 사람이 있고
누군가 자기 그림자를 밟고 넘어지는 시간
일그러진 얼굴 위에 서늘한 잠이 고인다

둥근 빵의 가운데를 도려내며 하고 싶은 말이 있었다
빈자리에 듬뿍 오렌지 마멀레이드
침묵이 스며들도록 깊이 오렌지 마멀레이드 오렌지 마
멀레이드

설탕에 대한 상상만으로 기분은 쉽게 시작되는데
놀란 새 떼처럼 마구 흩어지는 나의 목소리

내 사랑은 굳이 따지자면 소금 쪽이야

운명은 가장자리에서 자라나는 균열 같은 것
모서리들은 너무 결연해
언젠가는 구름같이 몽롱한 케이크를 굽고 싶었다
콧노래를 부르며 기다리는 아이처럼

달콤한 냄새는 이상한 슬픔을 몰고 와
오늘은 좀 더 단단한 생크림을 얹기로 한다

너는 한 번도 같은 모양으로 깨어난 적이 없었으므로
눈을 뜨면 불쑥 모르는 사람이 되어 있겠지만

하염없이 오렌지 케이크가 익어 가는 아침
우리는 발끝부터 불길하게 부풀어 오른다

어느 종말론자의 드레스 코드

유령처럼 조용한 우연이었으면 해

막다른 구석에서 동요하는 짐승의 눈동자에
우리가 없는 그날들이 각인되었다

칼날처럼 깊게 파인 검은 브이넥을 좋아해
심연을 향해 질주하는 꼭짓점의 날카로움을
그 통증과 차가움을

죽은 사람의 목소리를 잊지 않기 위해
죽은 사람이 나를 잊지 않게 하기 위해
날마다 같은 옷을 입고 같은 꿈을 꾸었는데

바닥이 없는 곳에서 끝없이 밑으로 가라앉으며
누군가 부르면
대답 대신 목을 내밀기로 했다

완벽히 검은 고양이는 완벽히 검은 밤에
아무 감정 없는 눈으로
어둠 속의 무지개를 응시한다

볼 수 있다는 믿음보다
이미 보았다는 착각 같은 것이
우리의 끝을 결정한다면
비로소 그 밤의 고양이처럼 완벽한 검정을 갖게 될까

걸을 때마다 긴 치마가 발에 밟혀 키가 점점 작아졌다
이 슬픔이 너무 지긋지긋해
이제 하이힐 따위 신지 않기로 했다

이즘

꿈속에서 그는 애인처럼 다정했는데
입안을 뜨거운 돌들로 가득 채우고
세상에 없는 소리로 내게 장송곡을 불러 주었다

그는 묵음을 읽는 데에 늘 실패했던 사제
내 이름을 매번 다르게 발음해서
나는 내가 누군지 애써 기억해 내야만 했고
그는 가슴을 반쯤 내놓은 여자의 치마 속에 손을 넣으며
신이 항상 자기편이라고 말했다

나는 유물론자에서 신비주의자로 전향했다가
마침내 아무것도 믿지 않는 사람이 되었다

너는 항상 유보적인 화법으로 사과하지만
너의 예지몽은 다 틀렸어

문밖에서 밤새 울던 고양이의 굶주림을
외로움으로 여긴 적이 있었다

그는 외로웠던 걸까 배가 고팠던 걸까

아니면 죽음이라도 믿었을까

죽은 사람이 성호경을 그으며 복통을 앓는 밤
그에게서 거품 없이 잔을 채우는 법과 거짓말을 배웠다

내가 살아 있다는 것은 거짓말이었으므로
그는 술잔을 거품으로 가득 채운 후 황급히 성스러워
졌다
은총이 추문처럼 흘러내렸다

어쩌면 신은 무신론자일지도 몰라

꿈속에서 그는 애인처럼 다정했는데
묶음 안에 숨어 버린 나를 누군가 기어이 읽어 냈고
하얀 미사보 속 비명 같은 머리카락이 한 움큼 빠졌다

소멸하는 소년들

횡단보도 앞에 서서
남자는 비로소 멀미라는 말 속의 슬픔을 이해한다
위태로운 갑옷처럼 온몸에 하얀 비늘이 돋아난다

그는 가장 작고 쓸쓸한 내장부터 하나씩 들어내기로
한다

길 건너 남자와 마주 보고 서 있는 한 소년
주머니 속에서 유리구슬들이 딱딱 부딪는 소리를 낸다
몽롱하게 매혹되었던 푸른 무한의 세계와
그곳에 영원히 봉인된 공기 방울들
죽은 자의 뒷모습을 닮은 그 일그러진 공백

우리는 발 없이 둥둥 떠다니는 모서리 같아

소년은 말하고 자꾸 희미해진다
비늘 아래 엷게 숨 쉬는 물고기의 감정을 헤아린다

언젠가 꼭 한 번 자신의 소년과 대면하게 될 때
그곳이 이런 건널목이면 좋겠다

모르는 사람들이 유령같이 마주 서서
멀미처럼 울렁이며 밀려오는 앞날을 가로지르는 곳

깨어진 구슬의 밤과 희뿌연 몽정의 새벽이
그리고 한 소년과 또 한 소년이
횡단보도 너머 마주 보고 서 있다
조금 웃는 것도 같다

언젠가 공기 가득 찬 빈 배로 불쑥 떠오르겠지만
달은 그의 머리 위에 떠 있고
달과 그는 같은 색이었다

만타가오리

평범한 표정이 무섭다고 말하자
만타가오리, 얼굴을 열어 배후를 보여 주었다

검고 차가운 유리의 입술
나로부터 흘러나와 너를 관통하는 물살

내가 닿으면 너는 아프고
신음인지 웃음인지 알 수도 없게
너는 젖은 담요처럼 날고 있어

만타가오리, 오래전 말소된 내 일곱 번째 감각

모든 동행이 시작되었던
촘촘한 침묵만이 하얗게 부유하는 심해에서
우리의 예민한 피부는 오른쪽 끝에서 왼쪽 끝까지 둥
글게 말려 가

그리운 촉감
그러나 내가 닿으면 너는 다시 아프고

죽은 자들의 안부를 물으며 만타가오리,
평범한 표정으로 평범한 노래를 반복해

이 감정들은 너무 구질구질하고 미끌거리는데
대답해 줘, 울어도 될까 다친 개처럼

이제 막 이목구비를 갖기 시작한 슬픔이 킥킥 웃기 시
작하고
나는 갑자기 살고 싶어졌다

검정에 가까운 보라

자정의 여행자들이 유리 파편처럼 부서져 있다

여기에 없는 당신이 이 밤으로 스며들 때
기차의 반대 방향으로 돌아누우며
나는 죽은 자들과 좀 더 가까워졌다고 믿는다

당신이 써 놓은 '우리'라는 글자가
죽은 사람의 입김처럼 쓸쓸해지면

미안, 아직도 가끔 두근거릴 때가 있어

당신의 착한 문장은 얼굴 없는 얼음 같아
나는 나쁜 말들을 그 위에 겹쳐 써서
이상한 문장을 만든 다음
차가운 물속에 던져 넣는다

물에 젖은 검정 글자들에서
한숨처럼 풀어져 나오는 보라

나의 검정은

무수한 보라와 보라가 겹치고 또 겹쳐서
밤처럼 어두워진 것

글자들이 녹고 나면 뜻은 더 선명해지니까
'우리'라는 말에서 무언가 무수히 지워지고
마치 무슨 암호라도 풀어낸 듯
나는 방금 비로소 당신과 만났다고 믿는다

절두(切頭)

—남겨진 몸들

장검으로 적의 목을 내리치는 천사라니, 정말 착하지
않아?

긴 칼을 든 천사의 거대한 입상을 올려다보았을 때
멀리서 누군가 나를 거절했고
나는 오래전에 죽은 사람을 생각하며 미신처럼 앉아 있
었다

거절은 언제나 다정한 인사로 시작해 단호한 입술로 끝
나니까
고맙지 않았지만 고맙습니다, 라고 또박또박 답한 후
초콜릿을 한입 베어 먹었다
모르는 사람들이 정중히 서로의 죄를 눈감아 주는 대
낮이었다

네가 여기 오면 좋겠어, 라고 썼다 지우고
순교자를 묶었다는 쇠사슬의 진위에 대해 긴 잡담을 늘
어놓다가
다시 초콜릿을 크게 베어 먹었다
목구멍이 끈적한 것들로 흥건했다

이곳에도 머리들이 폭포수처럼 떨어졌다는 절벽이 있어

왜 높은 곳에 올라가면 뭔가 떨어뜨리고 싶어질까
비명이 어떻게 폐부를 뚫고 솟구치는지 보고 싶을까

머리를 기념하기 위해 사람들이 머리를 숙이고 지나갔다
녹은 초콜릿을 약처럼 꿀꺽 삼키고 입술을 닫았다

남자의 목덜미를 보면 슬퍼지는 버릇은 아직 고치지 못
했는데
　초콜릿 먹고 토하는 것만큼 흉한 건 없으니
　누구라도 등을 좀 두드려 주었으면.

　죽고 싶다는 사람과 친구가 되었다
　여름을 나기 위해서였다

폼페이
—불가능한 일을 결심하는 오후

개도 몸을 뒤틀며 죽어 갔다는 날에
웃는 얼굴로 잠든 채 굳은 저 남자는
전날 밤 어떤 독주를 마셨던 걸까

폼페이 폼페이
어쩐지 타악기 소리 같아

누군가 화석 앞에 마른 안개꽃을 투척하는 오늘
당신에게 처음으로 춤을 청하리라 생각했다

당신의 발에 내 아픈 발을 얹으면
반음씩 낮아지는 이상한 화성처럼
우리는 어울리지 않는 소리를 내면서 굳어 가야 해

폼페이 폼페이 폼폼
박자를 맞춰

근처 기념품 가게에서 34도짜리 레몬주 세 병을 샀다
냉동실에서도 얼지 않아요, 흰 수염 노인이 윙크했다

이걸 다 마실 때쯤엔
안개꽃처럼 활짝 핀 채 꼿꼿이 말라 버리기
혹은, 저 돌남자처럼 비극 한가운데서 웃으며 잠들기

그리고
영원히 암전.

제2부

일기예보

오늘 낮에 폭풍이 몰려올 예정이에요
사과들이 비명처럼 떨어질 거예요

예보가 도착하면 구름보다 빨리 달려 땅끝으로 가요
폭풍이 어떻게 비와 당신을 몰고 오는지 지켜보죠
낙과의 걸음으로 미래가 오고 있어요

예고만으로 떨어져 버린 비밀
적막 가운데 투둑 사과 몇 알 추락해요

당신은 사과의 멍든 부분
흉터를 씹는 그 단맛이 좋아요
폭풍이 두들겨 대는 폭신함이 좋아요

폭풍이 올 거라는 건 그냥 예보예요
표지와 본문 사이에 낀 간지 같은 거예요
눈앞에 다가올 일을 아는 건 쉬운 일이지만
그건 그냥 예보예요

이 빠진 과도를 남겨 놓을 걸 그랬어요

이것은 바나나입니까?

천사와 귀신은 한 끗 차이다 생김새로 구별할 수는 없다 요즘은 캐주얼 차림으로 다닌다 피를 흘리지도 비파를 타지도 않는다 둘 다 과묵하지만 좀 더 다정한 쪽이 귀신이랄까

울고 싶은 밤이면 꼬리 밟힌 개처럼 달리던 천변 길에 어느 날 화려한 네온사인이 걸렸다 ♡**사랑나들이로**♡ 그 후로 거기서 개처럼 뛰어다니는 건 몹시 부적절한 일이 됐다 울고 싶을 때 갈 곳이 없어졌는데 얼마 지나지 않아 조명이 조금 부서졌다 ♡**ㅅ랑나들이로**♡ 이제 저 핑크색 하트들이 꺼질 때까지만 참으면 된다 홀로 서 있는 시옷은 더없이 꼿꼿하며 설산의 침엽수처럼 언제나 차갑고 멋지니까

바나나가 갈색으로 흐물거려 뚝뚝 흘러내릴 때까지 기다렸다 먹는 사람을 알고 있다 그거 먹을 수 있는 건가요? 묻는 건 실례다 먹을 수 있는 바나나와 못 먹는 바나나의 구별은 바나나가 할 수 없는 일이라서 바나나는 이 문제에서 조용히 빠진다

수녀님은 미사 때 각자의 수호천사가 사람들의 기도를 손에 들고 하늘로 올라간다고 믿는다 저것 보세요 다정하게 웃으며 줄 서 있는 거 보이죠? 수녀님의 천사는 눈부시게 하얀 드레스 같은 걸 입고 커다란 흰 날개를 단 백인 여자다 아까 말했듯이 천사와 귀신은 한 끗 차이지만 그건 각자의 취향이니까 나도 이 문제에서 조용히 빠진다 모음을 떼어 버린 시옷과 흐물거리는 바나나와 나란히 천변에 귀신처럼 떠 있다

달콤 중독

나를 스쳐 지나며 당신은
작은 바람을 일으켜 내 속눈썹을 살짝 흔들었는데
어디선가 티라미수 냄새가 났어
그건 아마 당신의 작별 인사

너무 달콤해서 목이 아리던 그걸
우린 어째서 서로 떠먹여 주고
병든 시인들처럼 기침을 해댔던 걸까

당신이 떠나는 동안
나는 그 자리에서 계속 눈을 감고
뭉개진 케이크처럼 앉아 있었어
엉뚱한 기도문 같은 걸 외면서

티라미수엔
피처럼 끈적한 커피와
덜 익은 와인도 함께 들어 있다는 거
그땐 몰랐었잖아

모양 없는 것들에 이름을 붙여 주며

당신은 달다는 말을 위험하다는 말로 바꾸곤 했지만
단맛은 혀보다 마음으로 느끼는 거라서
먹을수록 나는 텅 비어 갔나 봐

그때의 케이크는 이미 먹어 버렸고
우리가 붙여 줬던 이름들도 이젠 지워지고 없으니까
이 바람이 사라질 때까지
나를 끌어올려
하얗게 타오르는 구름 기둥처럼
달콤하고 위험한 이 기분의 끝으로

●티라미수: 'Tirare mi su(나를 끌어올리다)'에서 유래.

질식

너는 낯선 냄새를 풍기며
한 번도 본 적 없던 자세로 나를 기다려

말해 봐, 그 순간에 대해

문을 닫고 돌아선 너에게서 바람이 일고
예감은 불안한 평화와 기묘하게 섞여 든다

흐트러진 발자국들의 방향으로
굶주린 모기떼처럼 달려들던 이상한 글자들

말해 봐 제발, 그 순간에 대해

숨이 멎는다는 건
한 번도 이루어진 적 없던 기도들의 모욕을 잊을 만큼
황홀한지 아픈지

너는 나를 이끌고 어떤 시간과 공간 위를 활공해
저기 우리가 있던 숲을 봐, 너는 말하지

사소한 호수와 사소한 둥지와 사소한 감정들
멀리서 보면 슬프지도 무섭지도 않아서
멀고 낯설어서 네가 좋았어

하지만 너는 죽었잖아

연무처럼 뿌옇고 투명한 너의 몸을 관통하며
나는 폭신한 잠옷을 입고 깊이 심호흡을 한 다음
너와 소리 없는 말들을 교환한다

이젠 어디에나 있고 어디에도 없는 너

통증에 대한 낭만적 이해

통증을 견딜 때
입술은 있는 힘을 다해 빛난다
얼어붙은 폐광의 반짝임이 그렇듯

그때 가장 아름답고 싶어
거울을 들고 예정된 통증을 기다리는 동안
눈을 감고 오직 호흡에만 몰입하며
이 고통에 어울리는 이름을 붙여 보다가
문득 아빠가 생각났다

아픈 여자를 좋아하는 사람은 없다고
아빠는 근심 가득한 얼굴로 나를 보곤 했지만
난 이를 악무는 사람이었으니까
음지의 덩굴처럼 가늘고 질기게 자랐다

슬픔이란
급성담도산통이나 근막동통증후군처럼
감정 없는 정직한 이름으로 와서
장마철 비닐 장판처럼 맨몸에 쩍쩍 달라붙는 것

어떤 의사들은 통증에 몰핀보다 판타지가 더 낫다고
믿는다
혈관을 타고 떠도는 하얀 고래의 웃음이
내 심장으로부터 몸의 가장 먼 끝까지

내게 없는 내장의 구조를 상상하는 일과
죽은 자의 말버릇을 흉내 내는 일 사이에
어떤 결기가 놓인다

견디는 것이 아니다
통과하는 것이다

어제의 기분으로

죽을 것같이 그리운데
도대체 누가 그리운 건지 떠오르지 않아
속눈썹의 개수를 세는 이유에 관해 마음을 쓴다
기억나지 않는 것을 기억할 때 생겨나는 기분들

어제의 기분은 오늘 도착하고
오늘의 상처에서 내일의 피가 흐른다

쉽게 깰 수 없던 꿈처럼
잊고 싶은 것들과 잊고 싶지 않은 것들이 많아서
자꾸 밤이 온다고 생각했던 적이 있었다

그때 나는 화난 얼굴이었지만
단지 몹시 슬펐을 뿐이었어

숨이 멎어 가는 개의 눈빛에 사로잡힌 기분으로
슬픔이 슬픔의 끝에
고요가 고요의 끝에
완전히 도달하는 궤적을 가늠하며
내 품에서 어린 내가 무럭무럭 야위어 갈 때

이제 잊어도 될까 물어 오면
그럴 수 있을까 되묻다가 생강꽃이 다급히 핀다
노란 꽃이 피려고 어제가 지나갔다

나의 헌사는 언제나 죽음 뒤편을 향해 있고
도대체 누가 그리운지를 기억하기 위해
울지도 않으면서 함부로 고백을 한다

오늘의 꽃에서 내일의 생강 향이 나고
엉뚱한 곳에 찍힌 쉼표처럼 난처해진 호흡으로
피들이 느릿느릿 순환하고 있다

배로 기는 발

'외로운 조지'라는 이름의 달팽이가 죽었다
세상에서 가장 외로운 이름을 물려받았기 때문에
세상에서 가장 외로운 달팽이가 되었고
사람들은 그의 죽음을 멸종으로 기록했다

어둠이 다른 어둠을 향해 희디흰 발을 불쑥 내밀면
그가 연한 배로 적막을 쓰다듬듯 만지며
숲의 목소리로 말하는 것이 들리곤 했다

일어난 일은 일어나게 되어 있었고
그렇게 된 일은 그렇게 될 수밖에 없었지만
그는 증언하는 자여서 흙 위에 꼬박꼬박 감정들을 남
겼다
매번 다른 영혼들의 방문을 받았다고 적었다

성서는 신이 얼마나 힘이 센가를 아주 오랫동안 말해
왔는데
새끼를 어미의 젖에 삶지 말라는 구절을 발견했을 때
처럼
흠칫 숨을 멈추고 목을 축이는 순간이 있었다

그가 발을 내미는 마음이 그랬다

적막하게 적막을 갉아먹고 감정 없이 감정을 소비하며
더듬이를 접고 죽음처럼 고요해지는 달팽이의 시간

사라지지 않기 위해 조금씩 사라지면서
여기저기 빛나는 흰 발들의 출몰이 있었다고 적힌다

죽은 신이 불쑥 내민 수수께끼처럼 몹시 비유적인 밤
'외로운 조지'가 죽었다
배를 땅에 파묻은 채 엎드려 죽었다
그는 흙이 검고 부드러운 숲에 살았다

●배로 기는 발: 달팽이의 라틴어 어원에는 이런 뜻이 담겨 있다.
●지구에서 마지막 남은 하와이안 달팽이는 마지막 핀타섬땅거북이었
던 '외로운 조지'가 죽은 후 같은 이름으로 불렸다.

고양이 목숨은 아홉 개

무언가 죽은 사람의 표정을 하고 나를 바라본다
태어날 수 없는 운명 같은 것을 믿으며
몽유병처럼 깨어 있다

잠과 꿈 사이
쉽게 흔들리는 꼬리를 놓아두고
그림자 없는 고양이가 사라졌다

구부러진 공간에서 물방울처럼 튀는 눈동자들
불규칙한 무늬들이 그리는 규칙

슬픔을 삼킨 고양이들은 칠흑같이 아름답구나

목숨이 아홉 개면 꼬박 아홉 번 죽어야 하는 거니까
아주 멀리 보낸 것들이 다시 내게 돌아와
서늘하게 뒷덜미를 움켜잡을 때
나에겐 문득 새 꼬리가 돋아난다

익숙한 발자국에 목덜미를 비비며
열 손가락을 차례로 핥아 준 후

인사 대신 파란 눈을 천천히 깜박일 테지만
밤은 고양이의 소리 없는 노래로 가득 차고

몇 번쯤 죽었었는지 세어 보다가
치러야 할 이별이 남아서
우리는 아직 여기에 있다

식물 야행(夜行)

이 깊고 치밀한 어둠을 양말 대신 신고
밤의 심부에 들풀처럼 설 수는 없을까

나팔꽃 봉오리가 닫히고 내가 깨어난 아침
당신은 사라지고 없다

착한 식물들의 밤이 궁금해
단단한 어둠을 파고드는 연한 실뿌리의 감각과
뒷면으로 숨 쉬는 고요

아무도 듣지 못하는 휘파람으로 식물들이 속삭이는 밤
내 잠 속에 잠시 놓아둔 이야기가 있었다

당신은 시든 풀 다발을 들고 서서 안부를 묻고
그 거리의 자정은 너무나 짧고
끝내 아무것도 고백할 수 없고
누운 들판은 다시 일어나지 않았다

우리는 한 번도 뜨거운 적이 없었는데
문밖에서 손 흔드는 녹색 잎들의 마음

눈을 질끈 감았지만
뭔가 잃어버린 사람처럼 울상이 되었다

좀 더 단순한 내부를 갈망하며
출처 없는 이파리들을 피부처럼 입고
잎맥의 무늬를 헤아려 보다가
마음 따윈 없이 오직 몸만으로 이루어진 생물이기를

얼어붙은 발바닥에서 정체불명의 싹이 자라나기 시작하
자
꽃잎이 경련하며 쏟아지는 밤

편견 없는 줄기들은 각자의 방향으로 뻗어 가고.

뚜껑의 새로운 쓸모

검고 무거운 뚜껑을 샀어요
나에게도 덮을 것이 생겼답니다

드디어 뚜껑을 가진 사람의 기분을 알게 되었는데
이 뚜껑에 꼭 맞는 물체가 내겐 없었어요

맞지 않는 뚜껑을 덮어 놓으면
어긋난 가장자리로 영혼들이 새어 나와 도망치는 것 같
거든요

나는 쓸모없는 것들의 쓸모에 몰두하는 사람이어서
아무것에도 맞지 않는 뚜껑을 샀고
촉으로 미래를 가늠하는 습관을 버리기로 했고
내가 곧 실명하리라는 예감을 받아들이기로 했어요

잠깐만, 거기 뿌옇게 피어오르는 물체가 당신인가요?

문득 무언가의 용도를 떠올리는 밤
사람들은 뚜껑을 열고 각자의 슬픔을 명함처럼 꺼내곤
해요

모두 지리멸렬해서 그 밤이 늘 마지막이라고 결심하는
데
　빈집에 돌아오면 얼굴을 고치고 다시 안부를 묻겠죠

　폭우가 쏟아졌어요
　뚜껑을 뒤집어 형벌처럼 들고 비를 피했어요
　차라리 비를 맞는 편이 나았지만
　새로운 쓸모가 탄생한 밤이었어요

　거기, 그래요 거기, 빗물같이 두들기는 소리가 당신인
가요?
　아니, 당신이었나요?

범람

거절된 고백같이 비가 쏟아지던 날 당신은 내게 하늘색 샌들을 신겨 주고 오래오래 끈을 묶어 준 후 어둠 속을 떠내려가서 다시 오지 않았고 나는 울었던 얼굴을 지우려 거리를 쏘다니다 해초처럼 쓰러져 잠이 들었다.

보이지 않는 것에 삶을 투신한다는 게 어떤 느낌인지, 무엇이 당신의 모든 욕망을 은폐하게 만들었는지, 왜 당신을 생각하면 젖은 신발처럼 슬픈 건지, 이를테면 어제는 몰랐고 오늘은 아는 감정이 숨통을 조여 올 때 왜 황토물 같은 기억들이 심장 벽을 무너뜨리는지, 왜 그때에 날카롭고 강렬한 여름의 냄새가 들이치는지.

나는 갑자기 그러나 고요히 출몰하는 계절이어서 당신의 잠 속에서 악몽을 꾸고 당신을 꿈 밖으로 밀어낸다. 당신의 문장은 따뜻했지만 그건 사랑이 아니었으므로 나는 너무 추웠어. 당신 방의 유리창처럼 추웠어.

여름비를 겨울에 맞으며 우리는 그림자가 조금씩 비슷해졌고 그것이 이별이라는 걸 알았다. 시작이 잘못된 노래들의 기침 같은 통증을 끝까지 견딜 수 있었다면 비가 그리 오래 퍼부었을 리 없다. 신이 있다면 용서가 이렇게 힘들 리 없다.

흰 장미와 레몬을 짓이겨 당신의 손바닥에 발라 주고 여름에 대한 진부한 은유들을 모두 폐기했는데 창밖으로 해일 같은 시간이 무섭게 전진한다. 하얗게 불어 버린 맨발이 붉게 물들도록 아주 아주 멀리 달아나기 위해 전속력으로 질주하다가 눈 속에 울컥 당신이 출렁인다. 안녕, 이라는 인사를 끝내 삼켜 버린 침묵의 온도가 유리창에 성에처럼 얼어붙었다 끝없이 녹아내린다. 기억나지 않는 꿈을 꾼다.

불타는 나무

고목이 고요히 불타는 동안
솔방울은 금고처럼 단단했던 비늘을 천천히 연다
겨울의 유품을 안고 뜨겁게 비상하는 씨앗의 마음

폐허를 걸어간 사람이 있어
뿌리가 흙을 움켜쥐고 버티듯
손가락이 뿌리가 될 때까지 흙을 파고
숨을 쉴 때마다 푸른 휘파람 소리가 나던 사람

엄마는 올 때마다 돌아가신 아빠가 같이 왔다고 한다

아빠, 라고 말하지 말아요
아빠, 라고 말해도 울지 않을 수 있을 때까지

같은 병을 앓다 고목처럼 쓸쓸해지면
몸속 어딘가에서 슬픔이 불을 당겨
발바닥부터 활활 타 버릴 것만 같다

그때 내 비늘을 열어젖히고
가늘게 팔랑이는 날개가 있어

나는 문득 아기를 낳고 젖을 물린다

아직 따뜻한 잿더미에 뿌리를 박은 채
불꽃도 없이 침묵 속에 타들어 갈 때
멀리서 휘이이 휘이이 휘파람 소리
몇 개의 단어들에 울지 않을 수 있을 때까지

렐리기오

'렐리기오'라는 단어를 읽었다
사람들이 쉬운 말을 어렵게 하는 건
쉽게 울지 않기 위해서일까

나는 말보다 울음이 먼저 나오는 사람이니까
쉽게 이해해 보기로 하자

그 숲은 내 꿈에만 있다
같은 나무들이 항상 같은 자리에 있고
우거진 잎들 사이엔 나만 아는 통로가 있고
조금 이상한 계절이 흐른다

꿈꿀 때마다 처음부터 다시 출발하는데도
오래전부터 거기서 걷고 있었던 것만 같다
그리고 규칙적인 시간이 지난 뒤
육각형 모양의 커다란 연못이 보인다

거기엔 웅장한 돌기둥들이 일정한 간격으로 서 있다
무엇을 받치고 있는지는 보이지 않는다

나는 돌멩이처럼 서서 그곳을 바라만 본다

그쯤에서 깬다
내가 거기 가야만 꿈이 끝난다는 걸 아는데
어쩐지 달아나고만 싶어

그러니까 더 쉽게 이해하자면 이런 것

삼 년 전에 성당에서 세례를 받았다
그날 아침 다리미에 팔을 데어 뱀 같은 상처가 났고
혼자만 꽃다발 없이 울상으로 단체 사진을 찍고 나와
맑은 하늘에서 쏟아진 소나기에 미역처럼 젖어 버렸다

그래도 거기선 다른 이름으로 나를 부르니까
가끔은 다른 사람 같은 기분이 든다

난 여전히 쉽게 우는 사람이고
깨어서는 가지 못하는 꿈속의 장소가 있다

이건 쉬운 이야기다

그렇게 이해해 두자

제3부

사소한 요일

그때, 그러니까 그때
바람 없이도 감정이 휘날리던 숲
그 완전한 질서 속에 외롭게 누워
마지막 숨을 길게 뱉어 내고
당신은 잠깐 울었을까
물 밖으로 뛰쳐나온 물고기처럼
그 하얗고 얇은 배처럼

눈을 감으면 눈꺼풀 아래로 반짝이는 풍경이 흐른다
죽은 자들을 위해 목소리를 가다듬고
침착하게 손톱을 자르는 일
내 잠 속에 당신을 봉인하는 일

이별이란 늘 사소하고 바스락거려
아이들이 숨을 참으며 파랗게 질려 가는 동안
머리카락이 자라고 당신이 지나가고
다른 곳으로 여백이 이동한다

그때, 그러니까 그때
구름처럼 피어올랐던 모든 마음이 멈추었을 때

투명한 물고기의 눈빛으로
당신은 잠깐 웃었을까
파도 같던 꼬리를 늘어뜨리고
이름 없는 미망의 나날이 되었을까

눈이 올 것 같구나
눈이 올 것 같아

불안

축제가 끝난 후 가면을 벗고
당신은 자발적으로 불안해진다

작별 인사를 하고 모퉁이를 돌아
완전히 외로워질 때까지

한 번도 나에 관해 말한 적이 없지만
내 혼잣말을 모조리 들었다는 듯
당신이 묘한 표정으로 악수를 청하면

한밤중에 일어나 변기를 닦으며
푸른 사과를 상상하는 처녀의 입술을 바칠게

누군가 나를 보고 애인처럼 웃어 줄 때
쉴 새 없이 자라나는 물고기의 감각

대낮 악몽을 꾸는 아이의 동공이
얇은 눈꺼풀 아래 요란하게 움직인다

버드이팅(Bird-Eating) 타란툴라와 연애하는 방법

그 거미가 거미줄을 치지 않는 것은
포획에 대한 자신감 때문이 아닐지도 모른다

몸을 감싼 가시 같은 털들이
만지면 우수수 떨어져 손에 박히고 마는 지독한 알레르
겐임을
들키고 싶지 않았을 것이다

가렵지 않을 만큼만 축축한 모래 속
여덟 개의 눈에 촘촘히 박힌 두려움으로 숨어
다가오는 것에게만 눈빛처럼 파란 독액을 깊이 찔러 주
는,
그건 난해한 사랑이다
짧게 타고 오래도록 식어 가는 소멸의 방식이다

그를 사랑하는 일은
대상도 없이 기다림만으로 암전된 웅크린 자세를
모른 척해 주는 일
그 음울한 기습을 기꺼이 맞아 주는 일
가만히 혀를 뻗어 물려 주는 일

혀끝에서 심장까지 맹독의 쾌감을 즐기는 일
경련하는 얼굴 보이게 그의 앞으로 천천히 돌아눕는
그런 일

꽁지가 붉어 아름다웠던 새 한 마리
마지막 숨이 날숨이었는지 들숨이었는지

그는 잠들지도 흐르지도 않고 다만 바깥이었다가
더 깊어진 어둠 속에서 잠깐 전율할 것이다
쉽게 떠나지 못하는 자의 어떤 독기에 대해

●난해한 사랑: 황동규, 「태평가」.

현기증

내가 앓고 있는 어지럼증이란
실은 지구의 자전을 감지하는 능력이 아닐까

민들레 싹이 지표면을 뚫고 나오는 속도로 세계가 돌고
있다는 것을
중심축에서 튕겨져 나온 자들만이 느낄 수 있다면
아마 나는 생존 감각의 평형을 상실했거나
조금 어긋난 주파수로 말하는 사람이겠지

미세한 눈금 어디쯤에서 중심을 잃고 넘어질 때
느린 보폭으로 되돌아오는 몸의 기억

나는 불분명한 위치에서 불분명한 자세로 멈춰 선다

바지를 입던 중이었는지 벗던 중이었는지
더러 해명이 필요한 순간도 있겠지만
뿌리 대신 손으로 지탱하고 선 것이 형벌은 아니므로
손끝으로 빨아들인 모래들이 얼굴 가득 돋아나더라도
얼굴을 가린 채 달아나진 않겠다

들판이 휘청거리는 꽃들로 나병처럼 얼룩지면
나와 꽃들은 서로 다른 중력을 견딘다

왜 폐가처럼 누워 있는지 변명이 필요한 순간도 있겠
지만
쓰러질 때 좀 더 청량한 소리가 났으면.

멀리 붉은 십자가들이 물결치듯 서서히 움직인다
이제 곧 여태껏 없었던 속도의 새로운 회전이 시작될
것이다

나는 피 흘리며 사방팔방으로 굴러가는 돌공의 모서리

낙지의 형이상학

정약전은 낙지를 싫어했던 게 분명하다
문어의 빨판은 마치 국화꽃 같다고 하면서
낙지더러는 뱀과 교합하는 물고기이니
잘랐을 때 붉은 피가 나면 버리라고 했다
책에 그렇게 적어 놓았다
이백 년 전 이야기다
어떤 나라에서는 지금도 악마 물고기라고 부른다

뭔가 붙들었다가 팔을 떼인 적이 있었나
뭐라 하든 나는 낙지 편이다

낙지의 머리를 까뒤집었을 때 불현듯 쏟아진 우주를 본
적이 있다
헐떡이는 두 개의 검은 점이
마치 목적 없는 주술처럼 터무니없이 막막했다

교미가 끝나면 암컷은 수컷을 잡아먹고
산란 후 죽은 어미를 새끼들이 뜯어먹으며 자란다는데

낙지의 심정으로 누군가를 생각하게 될 때

파도처럼 들이닥치는 곤혹

어떤 막막함이 머릿속을 왈칵 뒤집어 쏟게 하는지
낙지는 검은 뻘에 구멍을 뚫으며 적막하게 숨을 쉰다

목젖 없는 괴성들이 소금처럼 흩뿌려진 갯벌의 밤
외로이 자기 팔에 산란하는 낙지
팔에 매달린 알들이, 알들만큼의 우주가
밤마다 기절하고 나는 또 태어난다

휘파람을 불어요
내가 나를 낳았으니

하모노그래프

나는 내가 낯설어
누가 부르면 두 귀를 잡아당겨 입을 가리고
배교자처럼 도망치고 싶었다

죽은 자들의 멜로디가 온몸에 음각되는 밤
그 노래를 눈으로 볼 수 있다면 좋겠어
세상에 없는 도형을 그리며 공명하는 소리들

살아 있는 사람들은
서로의 목젖을 맹렬히 물어뜯어 고요를 얻고

태어나지 못한 사람들의 이름을 하나하나 부르면
아무도 대답하지 않았는데

누가 보낸 화음이었나
내 목에 흉터처럼 새겨진
완벽한 대칭의 푸른 꽃

그때 갑자기 나는
보이지 않는 것을 믿는다고 고백해 버렸다

그리고 배교자처럼 도망쳤다

단 한순간도 이 기묘한 노래를 멈춘 적이 없어

달이 너무 빨리 뜬 걸까
누군가 끝내 나를 그려 내는 밤

●하모노그래프: 음악을 시각화한 것. 음악을 재생하면서 음들의 진동 수에 따라 단진자가 움직이는 자취를 기록하면 매우 정교하고 신비로운 패턴의 도형이 그려진다.

냄새들

활짝 핀 꽃다발, 이라는 향을 시집에 뿌려 그에게 주며
설레었는데 성녀의 이름을 가진 여자가 같은 향을 온몸에
뿌린 후 그에게 안겨 플라스틱 꽃다발처럼 웃었다

그때부터 꽃 아닌 것이 꽃냄새를 풍기면 구역질이 났다

오래 앓은 사람에게선 무른 수박 냄새가 나고, 비릿한
잉크 냄새가 나는 겨울 새벽이 왜 슬픈지 생각하다 보면
그 끝에 아빠가 떠오른다

오토바이 사고로 몸이 거의 으깨졌다던 친구 아버지 장
례식장에 자욱하던 공포의 냄새. 아이들은 시체 냄새라며
입을 막고 도망쳐 버렸고, 얼어붙은 나를 보며 울지도 못
하던 친구의 얼굴에선 냉이 냄새가 났다

비를 맞고 냉이 뿌리가 땅속으로 쑥쑥 자라나며 봄은
왔다

장미 향은 $C_8H_{10}O$라는 이름의 방부 물질이 낸다. 장미
보다 더 장미 같은 향이다. 꽃잎은 향수가 못 된다. 으깨

면 피 냄새가 나니까.

커피를 좋아하는데 나는 커피를 못 마신다. 한 잔 마시면
삼 일을 앓고 나서 커피 향 오줌을 눈다

가끔 궁금해진다. 개들은 그 많은 냄새들을 어떻게 견디
면서 사는 건지.

유성우

왜 아직 혼자냐고 묻고 결국 고개를 숙였어요

어제는 비가 왔고
푸른 유리잔을 깨뜨렸고
설탕을 조금 먹었어요

찾고 있다던 건 찾았나요?

너무 예뻐서 무섭던 벚나무 아래에서 당신을 기다리면
벚꽃잎들이 달걀 거품처럼 흩날렸고
우리에게선 같은 냄새가 났죠

아직도 죽고 싶은가요? 성자처럼?

멀리서만 다정했던 당신을 이해하기 위해
그 꽃잎들만큼 많은 낮과 밤이 필요했지만
우리는 지름이 다른 바퀴를 단 자전거

봄이 와도 가슴은 뛰지 않고
한 줄의 시도 쓸 수 없는 날들이 원죄처럼 지나고 있어요

모두 불임이니까 당신만은 시인이 되지 말았으면 했어
요

비가 보이지 않는 날에도 비는 그치지 않아
내일은 아마 설탕을 조금 더 먹을 거예요

빗방울이 꽃잎들에 못 보던 자국을 새기고 사라지는데
머리카락이 점점 자라나고 있다고
당신의 궤도는 지금 어디쯤이냐고

꽃과 꽃무늬 사이

내 생에는 꽃이 없으니 꽃무늬 옷을 입으라는
어느 처녀 점술가의 충고를 듣고
집에 돌아와 꽃무늬 벽지를 모조리 뜯어 버렸다
입안이 붉은 먼지로 가득 차 붉게 말했다

어쩐지 그동안 무슨 열병에 들뜬 것처럼
끊임없이 화분을 사들이고
말라붙은 식물들의 이름을 흙 속에 파묻어 놓고
매일 물을 주었지

꽃무늬가 꽃에 골몰하듯
늘 사라진 것들만을 사랑했으니까
네가 없으면 그때 너를 사랑할 것 같아

네가 죽은 애인이었다면
보이지 않는 흔적을 쓰다듬으며
배가 불룩해질 때까지 네 이름을 삼키다가
끝내 버림받기 위해 기를 쓰고 사랑할 텐데

나무 아래 서서 나무를 올려다보면

닿지 못할 곳을 향해 손을 뻗으며 자라나는 중력

나를 달아오르게 했던 건
모두 내게 없는 것들이어서

네가 꽃이었으면
없는 것이고 멀리 있는 것이었으면
타 버린 숲이 그을음에 골몰하듯
여기 있는 내가
여기 없는 너를
끝내 발설할 텐데

가변형 벽체

이 벽을 점선으로 표시하기로 하자
아직 결심이 서지 않았으므로

벽에 대한 아주 간단한 선택만으로
공간은 둘로 갈라지고
사람들은 각자의 사각형에 갇힌다

어때? 방이 마음에 드니?

모두가 있지만 아무도 없어서
그러니까, 없지만 있는 것이어서
무척 마음에 들어

거기 몇 개의 숫자에 빨간 동그라미가 쳐진 달력을 걸고
그날의 표정들을 영정처럼 매달아 둘 거야

어느 날 사막같이 지쳐서
뜨거운 손바닥을 벽에 가만히 대어 볼 때
그 서늘함에서 내 얼굴을 발견하면
비로소 두꺼워진 투병기를 덮고

눈처럼 하얀 각질로 바스러질 거야

작은 결심이 필요한 순간
차가운 벽에 볼을 대면서
잘 자, 하고 속삭이듯이

벽을 뚫고 반대편에 닿는 것은
오직 혼잣말뿐

있지만 없고 없지만 있는
그 적막한 무엇에게

꼬리를 주제로 한 두 개의 신파

　술잔을 앞에 두고 앉아 있는 한 남자와 두 여자
　남자 옆에 앉은 여자가 남자 앞에 앉은 여자에게 말한다

　(우리는 여기서 '옆 여자'를 티나, '앞 여자'를 프나라고
부르자. '남자'는 그냥 남자.)

　너를 배신한 건 아니었지만 어쨌든 미안해.
　하지만 우리 둘이 만나면서도 항상 널 생각했어.

　티나는 진심이라는 듯 미간을 약간 찌푸린다
　그 아래 나긋나긋 까닥거리는 투명한 꼬리

　(남자와 티나는 프나를 배신했고, 프나에게 미안하지
않으며, 프나를 생각하지 않았음이 분명하다.)

　의미심장한 꼬리
　숨겨지지 않는 잔인한 꼬리

　당신을 증오해, 라고 말했는데
　내 꼬리가 자꾸만 발랄하게 파닥파닥 원을 그릴 때

당신이 알아보지 말았으면. 아니, 제발 봐 주기를.

(우리는 여기서 '당신'을 정의하지 않는 대신, 줄곧 침묵했던 그 익명의 '남자'를 떠올리기로 한다.)

알고 있어? 당신의 꼬리는 조금 엉뚱했고 항상 바깥을 향하고 있었거든

심장보다 먼저 시작되는 꼬리의 순간들 속에서
그들처럼 우리도 분주하게 서로를 읽었고
끊어진 전깃줄처럼 곤란했었지

남자와 티나가 떠나고 세 개의 술잔 앞에 남은 프나
얼굴은 무표정한데 칼처럼 납작해진 꼬리가 바르르 떨고 있다

(이쯤에서 불쑥 단미한 개 한 마리가 유유히 지나가도 좋다. 개는 짖지 않는다.)

해피엔딩

—Dear Dad

그리고 창백한 고요가 시작되었다
모든 이야기는 태어난 곳에서 소멸하고
텅 비어 버린 하늘 끝에 어쩌자고 백발은 흩날려

아무도 울지 않는 저녁
숨소리를 길게 뱉어 내며 밥이 익어 가면
엄마는 화분의 흙이 젖을 때까지 흠뻑 슬픔을 준다

닫힌 문 앞에서 온종일 기다리는 늙은 개와
그 가지런한 앞발의 질서

사라진 시간을 기억하기 위해
우리는 길게 자라난 서로의 귀를 차곡차곡 접어 준다

반짝반짝하게 닦아 놓은 구두의 앞코처럼
한 방향으로 흘러가 돌아오지 않는 기억

이제 나는 아프지 않은 사람
가지런한 앞발과 잘 접힌 두 귀를 가진 사람

한 번도 말하지 못한 인사로

안녕, 나의 산타클로스
안녕, 안녕히.

고양이와 걷는 밤

걸음이 시작되자 고양이는
두 팔을 뻗어 내 목을 꼭 끌어안고
오래 눈을 맞춘 후 천천히 눈을 감는다
세상에서 가장 연약하고 매혹적인 고백

노래를 불러 줄까
몸의 떨림에 맞춰
좋은 냄새가 나는 어느 집 앞에서 잠깐

밤의 리듬은 헐떡이는 물고기의 아가미 같고
문득 너의 작은 심장이
나의 약한 맥박으로 뛴다

나는 주술사가 될 운명이었을 거야
혹은 믿음 없는 수도자라든지

고양이의 투명한 눈으로
자정이 지나야 보이는 것들

거리의 한 모퉁이에서 울며 걷는 남자

손바닥으로 쓸어 주고 싶은 목덜미

축축해진 발바닥 아래로
몸 없는 그림자들이 달라붙었다

불현듯 아무도 나를 보지 못하는 밤
너무 많은 것들이 보인다

비운

내 손바닥을 들여다본 사람이 말했다

단명할 거야
음악가가 못 되면 시인이라도 되겠어

손바닥에 운명이 그렇게 훤히 새겨져 있다면
난 시인 말고 그걸 읽어 주는 사람이나 될 걸

피아노가 미치도록 배우고 싶어서
밥상에 길바닥에 온통 건반뿐이었는데도
아빠는 끝내 피아노 학원에 보내 주지 않았다
그러니까 그것이 시 같은 걸 쓰게 된
내 운명의 결정적 순간이었다는 거다

유난히 짧은 생명선을 본 순간
사람들의 얼굴에 돋던 표정은 연민이 아니라 공포여서
볼펜으로 피가 날 때까지 손바닥을 긋다 잠들던 날들

자고 나면 잉크가 지나간 자리에
새로운 운명이 용암처럼 터져 나와 굳어지기를

그건 신이 못 들은 척했던 기도였는데
이젠 요절 시인조차 될 수 없는 나이니까
슬픔 없이는 아무와도 손잡지 말 것

내 뜨거운 이마를
차가운 손바닥으로
오래 오래 짚으며
당신.

제4부

모래로 만든 저녁

실패한 예언처럼
절망은 손쉽게 복원되고
바람의 반대 방향으로 파고드는 새들의 슬픔

지금은 상심한 영혼들이 지나는 통로, 저녁이야.

어쩐지 나는 금방 죽어 버릴 사람처럼
노래하듯 중얼거리고
두 눈을 오래오래 바라보며 인사를 하고
그림자가 사라질 때까지 손을 흔들지

보이지 않는 것을 응시하는 어린 영매의 눈빛과
오후와 밤 사이의 공백에 대한 연민이 필요해

내 귀엔
달콤하고 쓸쓸한
모래알들의 노래

내일의 물결에 흔적 없이 사라져 버릴
투명한 신기루의 시간을 살고 있어

솜틀집 가는 날

이불을 덮는다
죽은 자의 눈꺼풀을 내려주듯이

가난한 기념일의 한숨이 간신히 잠든 밤
뒤척인 시간만큼 납작해지는 솜의 부피에
얇게 퇴적되는 숨소리들
그렇게 이불의 지문은 생겨난다

이불을 머리까지 끌어 덮는 사람은 외로운 사람
찰진 어둠의 속비늘까지 만질 줄 아는 사람

부끄러운 여자도 숨고 매 맞은 아이도 숨어서
이불은 덮는 것이다
없는다고 했다면 밤이 좀 더 무거웠겠고
올린다고 했다면 내려갈 곳 없는 사람들이 더 울었겠다

누군가 오래된 잠자리를 개키자
풀풀 풍겨 나오는 어젯밤의 혼잣말들
기어이 하고 싶었을 그 말 들으러
솜틀집에 가자

이따금 조금씩 얇게 눌리겠지만
돌아가는 솜틀 기계의 운율을 따라
어떤 통과는 우리를 가볍게도 할 것이다
무겁게 눌려 버린 엄마를 틀어서
폭신한 아기 두셋 정도 만들 것이다

입김처럼 날리는 이불 속의 날들
솜먼지 같은 너와 나

허기

먹어도 먹어도 배가 고픈 병에 걸렸어요
결코 잠들지 않는 위장을 가졌죠
혀는 딸기처럼 부풀고
손에선 자꾸만 나쁜 냄새가 나요

누군가 죽었다는 소식을 들을 때마다 난 뭔가를 먹고
있었어요
내 입속의 부음들은 어떤 물로 헹구어야 하나요
그때 난 공복이었고 너무 빨리 늙어 버렸거든요

나는 언제나 쉬지 않고 소화해요
닥치는 대로 집어삼켜도 아주 원활합니다
습관적으로 손을 씻고
입안 가득 레몬을 물고 있어요

조금 손상되었지만 지금도 나는 잘 작동되고 있답니다
그럭저럭 침이 잘 돌아요

언젠간 납작 말린 생선처럼 고요히 멈춰질까요?

악취를 풍기며 달이 가장자리부터 까맣게 타들어 가는
날엔
아무리 눈을 감아 봐도 밤은 끝나지 않아서
구역질을 하며 손을 씻고 또 씻어요
마치 평온하게 잠들 수 있을 것처럼
다시 달이 뜰 것처럼
드디어.

바디 블루스

결국 얼굴 하나가 떠오른다
침수된 반지하 방에 잠긴 얼굴
그 옆 병든 개의 뒷다리

종일 닭다리를 튀기고 돌아온 동생의 바지에서
뜨거운 글자들이 기름처럼 흘러내리는 밤

그런 날엔 불명열로 몸이 뜨겁고 꿈에 그 소녀가 온다
소녀는 표정 없이 내 눈을 바라보다
부푼 반죽 위에서 아주 천천히 고무줄놀이를 하고
이리저리 튕겨지며 검은 머리카락을 뿌려 댄다
나는 빈 그릇에 머리카락을 받으려고 몸부림치다 깬다

체온은 어김없이 38도
내장이 비었는데 배는 고프지 않다

빈 위장에서 불어온 뜨거운 바람에
목구멍의 습기가 단숨에 증발되고
혀가 모래처럼 부서져 내리면

훅, 단숨에 날리는 열기

나와 병든 개와 내 동생이 푸른 불꽃으로 기화한 뒤
입술 모양의 붉은 점 몇 개가 이마에 피어난다
절정에서 피는 것은 결국 단 한 번의 열꽃이었나

규칙적으로 창문을 두드리는 빗소리에
축축한 머리카락을 쓸어 넘길 때
창밖에서 어린 발들이 하나 두울 세엣 천천히 고무줄을
넘는다

아직도 거기 누워 오지 않는 얼굴들

횡단

그냥 창이라고 불러요

창은 검은 곱슬머리에 왕사탕 같은 눈을 하고
동그란 안경 너머로 두툼한 책과 창밖을 번갈아 바라
본다
그의 손에는 모비딕이 들려 있지만
늘 같은 페이지가 펼쳐져 있다

요즘도 이렇게 느린 기차를 타는 사람들이 있나요

창은 대답 대신 살짝 웃고 다시 책과 창밖을 번갈아 바
라본다
경적 소리가 눈 덮인 전나무들을 만지며 지나간다
같은 풍경들이 각기 다른 소리를 낸다

횡단하고 있어요

아직 풀지 않은 여행자의 짐처럼
오랫동안 같은 각도로 접힌 모서리들을
이곳과 저곳의 사이에 두고

가고 있기 위해 가고 있는 사람들

도착하지 않기 위해 가고 있는 기차의
동그란 눈동자가 먼 설원에 박힌다

몇 번의 아침과 밤이 바뀌는 동안
벌판에는 다른 이름의 같은 열매들이 종기같이 익어 가고
착한 눈의 하얀 고래는 등에 작살이 박힌 채
대륙의 눈보라 속에 죽은 듯 넘실거린다

기차는 느릿느릿 알 수 없는 곳으로 향하고.

안녕하세요

정말 궁금해서 묻나요
어떤 대답을 할까요
오늘 아침에 내장 하나를 떼어 냈다 할까요
가슴 치며 울다가 등까지 뻥 뚫어져 버렸다 할까요

별로 안녕하진 못하지만
아직 삼십대를 놓아 버리지 못했어요
긴 생머리로 낭창낭창 걸을 수도 있고
싱싱한 아기를 가질 수도 있어요
동그랗게 말려 이리저리 굴러갈 수도 있고
젖은 몸 냄새를 덮고 오래오래 잠들 수도 있죠

겨울을 빠져나온 햇빛이 얼음의 잔뼈들을 품고 있듯
피 흘리는 일쯤은 아무렇지 않지만
오늘도 얼굴엔 닭살이 돋아요

속옷처럼 껴입은 통증의 매무새를 다듬으며
아침에는 일어나고 밤에는 눕고
애인들을 만나면 흉터를 주욱 늘여 야하게 웃어요

안녕한지 정말 알고 싶은가요
그래서 그렇게도 경쾌한 목소리로 묻나요

당신은 발랄한 다음 인사를 준비하는데
지금 뒷마당에 사과꽃이 떨어지려 한다고
너무 자주 놀라서 심장의 껍질이 얇아지고 있다고
울먹이며 말할 수 있나요

앓던 동물들이 적막하게 죽어 가는 밤과
비명을 지르며 연인들이 깨어나는 낮이 지나
아무 일도 일어나지 않고

안녕하세요
무슨 대답을 할까요
가볍게 날아와 꽂히는 잔인한 인사들의 시절
나의 약점은 아직도 너무 젊다는 것

당신은, 안녕하신가요?

레드 벨벳

한 남자를 사랑했다

물고기처럼 볼록한 얼굴을 가진 남자
수도자처럼 기도하는 남자
귀밑머리가 아빠와 닮은 남자

그를 스쳐 지날 때
감정들은 먼지로 쌓아 올린 오후를 무한히 가로지르고
그는 발끝까지 검은 옷을 입은 채
색깔들을 애도했다
나는 붉은 수국 꽃다발을 얼려 그에게 주며
떠난 애인처럼 웃었다

한 남자와 헤어졌다

아이처럼 울고 고양이처럼 꿈꾸는 남자
말하지 않고 말하는 남자
엎질러진 와인처럼 증발해 버린 남자

나는 그를 만난 적이 없는데

그의 꿈을 꾸고 그를 그리워했다
그리고 첫눈처럼 아름답고 쓸쓸한 케이크를 구웠다

거기 그가 있었다
하얀 크림 안에 도사린 핏빛 빵의 숨결에
말라붙은 와인 자국에
모든 불가능한 상상 속에

카르마의 눈

엄마, 죽은 사람은 유리창처럼 투명해요
엄마도 알죠? 노랑색 셀로판지로 보는 느낌
모양은 없었지만 난 그것이 할아버지라는 걸 알았어요
엄마, 그런 건 느낌으로 그냥 아는 거예요

내가 알아보면 놀라실까 봐 못 본 척 지나가는데
이상하게 슬퍼졌어요
거기서 슬픈 연기가 뭉게뭉게 피어나는 것 같았거든요

그날 밤 할아버지는 파랗게 빛나고 있었어요
물고기 알처럼 투명해서 할아버지 뒤로 빈 의자도 보
였어요
달처럼 둥둥 뜬 채 앉아서 나를 보며 조금 웃었지만
어쩐지 울 것 같은 얼굴이었어요

그런데 엄마, 슬픈데 안 슬플 수도 있어요?
할아버지는 꼭 그런 것 같았거든요
나를 보고 안녕, 하듯이 손을 한 번 흔들었는데
손바닥에서 파란빛들이 빙글빙글 돌다 사라졌어요
할아버지도 금세 사라져 버렸어요

나는 잠깐 눈을 깜박였을 뿐인데요

엄마, 엄마는 정말 못 봤어요?
할아버지가 엄마를 지나서 걸어갔는데도요?
어디선가 까만 연기처럼 갑자기 피어올랐는데요
키가 작고 조금 뚱뚱했고 얼굴도 몸도 다 까만데 모자를
쓰고 있었어요
할아버지가 잘 쓰고 다니시던 그 회색 모자 있잖아요
천천히 천천히 엄마랑 강아지를 지나고 벽을 통과해서
방으로 들어갔어요
잠깐 외출했다 돌아오신 것처럼요
파란 별들이 할아버지를 맴돌다 함께 사라졌어요

하지만 엄마,
난 이제 할아버지가 어디엔가 계속 있다는 걸 알아요

발도 없었는데 어떻게 걸었을까요
엄마, 할아버지는 구름이 되었나 봐요

안구건조증

이름 없는 병을 앓고 난 후 눈동자가 조금 찌그러졌고
내 눈 속에 오래도록 한 사람이 있었다는 것을 알았다

그는 뻑뻑한 안구 주위를 배회하다
검은자위 가운데에 가시 같은 말들을 박는다

눈물 나기 직전의 뻐근한 통증

아주 조금만 울고 싶은 날에도
안구는 쓰고 버린 알루미늄 호일처럼 버석거리고
맺힐 곳 없는 잔상들 어지러워 앞이 보이지 않는다

그는 오래전 흙바닥에 뱉어 버린 빨간 사탕
그 시대의 우울도 이제 나처럼 고아가 되었구나

아름다울 겨를도 없이 말라붙은 나무에선
전소(全燒)된 글자들이 주르륵 달아난다

아무도 사라진 그 겨울의 행방을 묻지 않아서
나는 폭설에 눈을 씻고

허공에 점멸하는 모스 부호가 된다

지금 필요한 건 눈물 한 방울
아프지 말라는 당부 같은 뻔한 감각 한 방울

송곳 같은 그 말이 단단해진 눈알을 관통했다
댓잎 파르르 몸 뒤집는 소리

순도 높은 인공 눈물을 넣으며,
그는 나의 실 같은 눈곱
두텁게 딱지 앉은 만성 가려움증

물속 깊이 꽃들은 피어나고
—20140416

나는 너의 말로 말을 하고
너의 얼굴로 잠든다

내일, 이라고 적힌 글자들을 삼키며
물속 깊이 꽃들은 피어나고

혹시 울지 않는 밤이 있다면
너의 흙 묻은 신발을 오래 껴안고 있을 거야
어린 감나무를 심어 놓고
살랑거리는 잎사귀들의 연하디연한 살갗에 뺨을 대며
붉은 열매들이 나비처럼 날아오르는 상상을 할 거야

나는 너의 손으로 꿀벌의 투명한 날개를 쓰다듬고
너의 생채기로 선혈을 흘린다

모든 것이 멈춘 순간의 고요 속에서
아마 나는 네가 붙잡았을 마지막 기억

그때 웃고 있었다고 믿을 거야
분명히 그랬다고 믿을 거야

봄은 바싹 마른 입술처럼 바스락거렸지만
살아 있는 것들 중
침수되지 않은 것은 없었다

나는 가을에 태어났고
네가 없는 그날 죽었다

이상한 꿈

죽은 물고기의 동공처럼 평화로운 고요

그러니까 언제인가의 내가 어딘가를 향해
알아들을 수 없는 대답을 하고
유령처럼 희미해진다

이상하게 슬프고 이상하게 아름다운 숲속
푸르게 소용돌이치는 깊은 물의 매혹

모든 죽은 것들은 고요하고 아름다워
나도 몽롱하게 죽어 가는 그 순간에
어디선가 찢어질 듯 날카로운 소리
물은 턱밑까지 차오르고
검은 새 한 마리 황급히 내 앞을 막아서서
온몸으로 자꾸만 나를 밀어낸다

오지 마라 오지 마라

필사적인 새의 눈
슬픈 눈빛이 익숙한 그 깊은 눈

그래, 우리는 서로를 알고 있구나

물 밖으로 떠밀려 나온 몸에서 무게가 느껴지고
갑자기 세상의 소음이 들리기 시작할 때
알 수 없는 방향에서 불어오는 더운 바람

문득 전생의 긴 하루가 저문다

눈의 서사

1

신은 역시 나를 예뻐하셔. 신에게 기도했더니 완벽한 강아지를 보내 주었어. 블랙 그라마 속눈썹 여자가 말했다. 늘 꽝만 뽑는 나에게도 신이 있게 해 달라고 기도 같은 걸 해 보려다 그만뒀다. 내 늙은 개는 태어날 때부터 뒷다리가 불구였다.

2

달이 단풍나무 꼭대기를 지날 때, 배트맨 얼굴의 어린 고양이와 만났다. 매일 이 시간에 여기서 만나. 고양이는 눈을 깜박, 하고 말했다. 약속해. 나도 눈을 깜박, 하고 말했다.

3

장마가 왔다. 욕조에서 매번 다른 고양이가 허우적거리는 꿈을 날마다 꾸었다. 어느 날 달이 단풍나무 꼭대기를 지날 때, 블랙 그라마 속눈썹 여자가 사진을 보내왔다.

배트맨 얼굴의 고양이가 도로 가운데에 창자가 흘러내린 채 죽어 있었다. 여자는 고양이의 영혼을 구원해 달라고 기도했다. 나는 하늘을 노려보며 고양이를 다시 돌려보내라고, 그럼 당신을 믿겠다고 쏘아붙였다.

4

다음 날 밤 단풍나무 아래 섰다. 여기서 날마다 나를 기다렸구나. 눈물이 막 나오려던 순간 어둠 속에서 작고 노란 불빛 두 개가 깜박, 점멸했다. 이윽고 배트맨 얼굴의 고양이가 배트맨처럼 짠, 나타나 내게 달려왔다.

5

꿈에 무명옷을 입은 중년 남자가 다짜고짜 "이제 나오실 겁니까?" 하고 물었다. 겨울도 아닌데 세상이 온통 하얀 눈으로 덮여 반짝이고 있었다. 그게 너무 어이없이 아름다워서 입을 벌리고 있다가 그만 예, 하고 대답해 버렸다. 그는 천천히 내 발치로 다가와 무릎만큼 쌓인 눈을 탁탁 털어 내 주었다. 그리고 얼마 후 꿈에 본 그가 성당 앞에 동상으로 서 있는 걸 봤다. 아, 역시 약속은 함부로 하는 게 아니다.

6

자고 일어났는데 세상이 뿌옇게 보였다. 눈알이 빠질까 봐 고개를 들어 하늘을 봤다. 얼굴도 몸도 눈사람처럼 생긴 의사가 실명할 수도 있어요, 라는 말을 현재 기온은 영하 4도입니다, 라는 말처럼 했다. 그 말투에 어울리지 않게 기도하세요, 라니. 당신은 의사잖아요. 우리 동네 성당의 젊은 신부님은 구릿빛 근육질 몸매라서 도저히 기도에 집중이 안 된다구요.

7

아빠가 아들이고 아들이 아빠면 엄마가 아빠를 낳았다는 건데 너무 족보가 꼬이는 거 아닌가요? 나는 왼쪽 눈을 감고 눈처럼 순수하게 질문을 했다. 신부님은 안 믿을 거면 그냥 그렇게 살다가 죽든가, 라고 대답했다. 기분은 나빴지만 이상하게 설득력이 있었다.

8

의사는 실명 위기와 수술 위기를 동시에 넘겼다며 정말 운이 좋으신 거예요, 라는 말을 다섯 번이나 했다. 심지어 진료실 문을 닫고 나오는 중에도 뒤통수에 대고 한 번 더 했다. 그리고 문이 거의 닫히는 순간, 절대 슬프면 안 돼요 절대로! 라고 다급히 외쳤다. 어떻게 하면 슬프지 않을 수 있는지 물어보려다 이미 문을 닫아 버려서 그만뒀다. 연인과 헤어지는 느낌이 들어서 몹시 슬퍼졌다.

9

봄이 왔는데도 창밖엔 눈이 맹렬히 퍼붓고 있다. 무릎 위에서 배트맨 얼굴의 고양이가 기분 좋은 갸르릉 소리를 내다 실눈을 뜨고 나를 본다. 이 녀석의 얼굴은 웃는 상이다. 늘 입꼬리가 살짝 올라가 있다. 눈 때문에 그랬어. 그래 다 눈 때문이야 눈 때문이었다고. 고양이는 모르는 척 다시 눈을 감는다. 근데, 그 동그랗고 까맣던 네 눈동자는 도대체 어디에 두고 온 거니?

실어(失語)

너에게, 라고 쓰고 기침이 터진다
여기에는 너무 많은 공백이 가득해 질식할 것만 같아

너의 부고는 아직 도착하지 않았고
끊임없이 나를 스쳐 가는 수많은 옆모습과 뒷모습들

있잖아, 나는 두 번쯤 아주 깊이 잠들었었어
깨어난 후에는 중요한 기억 몇 가지를 잃었고
조금 가벼워졌지

너의 이름을 오랫동안 생각했지만
목에 무언가 단단한 것이 걸려 있어 삼키기 힘들었어

우리가 이마와 가슴을 맞대고 잠들기까지
얼마나 많은 꽃잎들이 떨어졌는지
우리의 개들은 또 얼마나 발바닥이 단단해져 갔는지
기억하니, 너무 추웠던 골방에서 입김으로 썼던 시들을.

지금 나는 새벽 네 시 같은 얼굴
계절을 잃은 정원에선 토마토가 터질 듯 붉은데

하지만 있잖아, 너를 만나고 싶지는 않아
정말이야

너에게, 다음에 쓸 말을 찾아 헤매다
나비의 날개가 끝없이 접히고
낙엽들이 영원히 떨어진다

너에게, 라고 쓰고.

사랑의 잔향, 잔향의 사랑

임지훈(문학평론가)

> 그때의 케이크는 이미 먹어 버렸고
> 우리가 붙여 줬던 이름들도 이젠 지워지고 없으니까
>
> —「달콤 중독」

⋯⋯깨닫고 만 것이다. 그와 헤어지고 나서야, 그에게 길들여져 있음을. 어린 왕자와 단 한 송이의 장미꽃처럼, 혹은 파울 클레의 「This flower wishes to fade」(1939)의 빛깔처럼. 강은진에게 있어 그것은 입안을 맴도는 달콤함이며, 그 달콤함은 기억 속에서 더 강렬하게 느껴지는 단맛이다. 그녀가 말하고 있듯, 이것은 실제하지 않는 맛이며 기억 속에서만 존재하는 맛이다. 우리는 알고 있다. 이 단맛의 이름이 사랑이라는 것을. 그 순간에는 알 수 없는, 오직 지나고 나서야 깨달을 수 있는 사랑의 미각. 우리는 한없이

그것에 대해 말한다. 그러나 사랑에 대해 직접적으로 말하는 순간, 우리는 사랑을 지나쳐 '나'에 이르고 만다. 그러니 사랑은 직접적으로 말해질 수 없는 것이며, 오직 다른 것에 대해 말함으로써 스쳐 지나듯 말할 수 있는 왜상이다. 직접적으로 바라볼 때에는 결코 알 수 없으며, 오직 시간적·물리적·시각적 거리감을 통해서만 말해질 수 있는 것. 그래서 우리의 이별에 대한 이야기는 늘 후회로부터 시작한다. 마치, 사랑에 대한 이야기란 원래부터 후회로부터 시작해 사랑의 그 어쩔 수 없음을 받아들일 때에서야 조금이나마 말해질 수 있게 되는 것처럼, 마치 사랑이란 원래 그렇게 소급적으로밖에는 정립될 수 없는 것인 것처럼.

그래서 사랑은 특별하다. 그 순간에는 감각될 수 없으며, 그 자체를 직접 바라볼 때에는 느낄 수 없다. 한없이 특별하지만, 그래서 통용될 수 없으며, 그렇기에 보편적인 말들로만 설명할 수 있어 특별함이 퇴색되어 버리고 마는 사랑에 대한 이야기를 우리는 어떻게 할 수 있을까. 우리가 늘 얘기하면서도, 그렇기에 우리에게서 늘 멀리에만 자리 잡고 있는 이야기를 말이다. 강은진의 『달콤 중독』은 그 이야기들에 대한 이야기이다. 사랑에 대한, 혹은 사랑의 잔향(殘香)에 대한 이야기. 오직 사후적으로만 감각될 수 있는 특별한 순간에 대한 기록, 혹은 이별에 대한 이야기.

　　너무 달콤해서 목이 아리던 그걸
　　우린 어째서 서로 떠먹여 주고

병든 시인들처럼 기침을 해댔던 걸까

당신이 떠나는 동안
나는 그 자리에서 계속 눈을 감고
뭉개진 케이크처럼 앉아 있었어
엉뚱한 기도문 같은 걸 외면서

티라미수엔
피처럼 끈적한 커피와
덜 익은 와인도 함께 들어 있다는 거
그땐 몰랐었잖아

— 「달콤 중독」 부분

　좀 더 정확하게 말해 볼까. 이것은 후일담이다. 후일담으로밖에는 기록될 수 없는 순간에 대한 이야기, 혹은 사랑에 대한 미주와 각주의 모음이다. 후일담으로 기록하는 순간 늘 모자라거나 넘쳐 버리고 마는 순간에 대한 더듬거림이고, 환하게 불 켜진 방 안에서 눈이 멀어 버리고만 맹인의 목소리이다. 지나가 버린 시간들이어서 모든 것은 간명하고 선명하지만, 그래서 한없이 그게 아니라고 삭선을 그을 수밖에 없는 시간들이고, 끊임없이 증오와 변명과 애정이 교차될 수밖에 없는 시간들이다. 그래서 강은진의 시들은 계속해서 '너'를, '당신'을, 지금 이 순간 내 눈앞에 없는 그 사람을 호출한다. 마치, 그 사람을 제하고서는 아무런 말도 의미가 없다는 것처럼.

거절된 고백같이 비가 쏟아지던 날 당신은 내게 하늘색 샌들을 신겨 주고 오래오래 끈을 묶어 준 후 어둠 속을 떠내려가서 다시 오지 않았고 나는 울었던 얼굴을 지우려 거리를 쏘다니다 해초처럼 쓰러져 잠이 들었다.

보이지 않는 것에 삶을 투신한다는 게 어떤 느낌인지, 무엇이 당신의 모든 욕망을 은폐하게 만들었는지, 왜 당신을 생각하면 젖은 신발처럼 슬픈 건지, 이를테면 어제는 몰랐고 오늘은 아는 감정이 숨통을 조여 올 때 왜 황토물 같은 기억들이 심장 벽을 무너뜨리는지, 왜 그때에 날카롭고 강렬한 여름의 냄새가 들이치는지.

나는 갑자기 그러나 고요히 출몰하는 계절이어서 당신의 잠 속에서 악몽을 꾸고 당신을 꿈 밖으로 밀어낸다. 당신의 문장은 따뜻했지만 그건 사랑이 아니었으므로 나는 너무 추웠어. 당신 방의 유리창처럼 추웠어.

여름비를 겨울에 맞으며 우리는 그림자가 조금씩 비슷해졌고 그것이 이별이라는 걸 알았다. 시작이 잘못된 노래들의 기침 같은 통증을 끝까지 견딜 수 있었다면 비가 그리 오래 퍼부었을 리 없다. 신이 있다면 용서가 이렇게 힘들 리 없다.

흰 장미와 레몬을 짓이겨 당신의 손바닥에 발라 주고 여
름에 대한 진부한 은유들을 모두 폐기했는데 창밖으로 해일
같은 시간이 무섭게 전진한다. 하얗게 불어 버린 맨발이 붉
게 물들도록 아주 아주 멀리 달아나기 위해 전속력으로 질
주하다가 눈 속에 울컥 당신이 출렁인다. 안녕, 이라는 인사
를 끝내 삼켜 버린 침묵의 온도가 유리창에 성에처럼 얼어
붙었다 끝없이 녹아내린다. 기억나지 않는 꿈을 꾼다.

─「범람」 전문

「범람」에서 강은진은 화자의 입을 빌려 자신의 증상을 설
명한다. '나'의 세계에서 일어나는 모든 기상 현상들은 '너'의
흔적과 '너'의 의미로 다가오지만, '나'는 그 모든 의미를 해
석하고 받아들일 기력을 가지고 있지 못하다. 왜냐하면, '나'
의 모든 세계는 '너'를 통해 의미화되지만, 정작 '너'의 의미
를 해석할 그 어떤 기준도 '나'에게는 존재하지 않기 때문이
다. 때문에 근본적으로 '너'는 '내'가 해석할 수 없는 세계의
미지수이며, 때문에 세계 또한 해석될 수 없음에도 '나'에게
「범람」하고 육박해 오는, 피할 수도 해석할 수도 없는 미지
이다. 그 속에서 '나'에게 허락되는 것은 '나'를 그 미지의 속
에 놔두는 일, 신이 없는 세계에서 오래 퍼붓는 빗속에 자신
을 내버려 두어 견딜 수 없는 통증과 함께 머무는 것밖에 없
다. 어떤 은유도 성립될 수 없는 이별의 통증과 함께 말이다.
    그러니 이 세계에 '신'은 없다. 은유들이 성립될 수 없게 될

때, 신은 겨눠질 수도 없고 상상할 수도 없으니 말이다. 그리고 이 진부한 은유들이 폐기된 세계에서는 죄인을 용서하고 그마저도 사랑하는 신은 없는 편이 낫다. 화자에게는 '너'를 이해할 수 있는 어떤 단서조차 남아 있지 않은데, 신이 그를 용서한다면 화자는 신조차도 용서할 수 없게 될 것이니 말이다. 여하간 이러한 신의 부재와 '너'를 이해할 수 없게 된 상황은 화자로 하여금 스스로가 서 있을 수 있게 하는 존재론적 발판이 무너지는 일이기에, 화자는 떨어져 내린다. 밀려드는 시간과, 기억될 수 없는 꿈속으로.

　하지만 이렇게 신 또한 같이 자취를 감추는 것이 화자에게는 오히려 위안이 된다. 아무도 떠난 그의 의미와 그의 행동과 그의 말들의 의미를 보증해 주지 못할 때에만 '나'는 그를 계속해서 곱씹을 수 있기 때문이다. 그러니 말을 뒤집어서 다시 한 번 시를 읽어 보자면, 이것은 이별의 슬픔에 대한 이야기이지만, 슬픔 속에서라도 사랑을 지속하고 싶은 누군가의 고백이다. 진정 두려운 것은 아무것도 '범람'하지 않을 때, 모든 것이 일상적으로 돌아가는 때이다. 그 순간, 사랑은 숨이 멎을 테고 세계는 해석될 수 없는, 증상으로서의 사랑마저 잃어버리고 텅 비어 버릴 테니 말이다. 그러니 그녀에게 있어 이 해석 불가능한 세계란 삶을 위한 조건이면서, 사랑이 지속되기 위한 가능성이다. 해석이 가능해지는 순간 멈추고 마는 불합리한 뉘앙스와 로맨스의 세계.

　강은진의 시에서 화자는 계속해서 사랑의 잔향을 배회한다. 그리고 그 배회는 사랑의 잔향을 지속시키는 것에 목적

이 있다. 하지만 근본적으로 말해서, 그것은 찰나의 순간이다. 강은진의 표현을 빌리자면 그건 "나를 스쳐 지나며 당신은/작은 바람을 일으켜 내 속눈썹을 살짝 흔들었는데/어디선가 티라미수 냄새가 났어/그건 아마 당신의 작별 인사"(「달콤 중독」)라고 표현되는, 후각이 미각을 상기시키는 찰나의 순간이다. 「달콤 중독」에서 제시된 상황을 좀 더 이미지화해서 상상해 보자면, 그때에 불어오는 바람이란 헤어진 이가 카페를 나서며 열었던 문이 닫히는 순간 불어오는 바깥의 바람이고, 그 바람이 남겨진 이를 스쳐 지나는 것은 정말 찰나의 순간이니까(물론 이것은 어디까지나 나의 상상일 따름이지만, 이별을 경험한 이들이라면 어쩌면 보편적으로 상상될 수 있는 순간일지도 모른다). 하지만 그건 현실의 이야기일 뿐, 강은진의 시집에서 그것은 찰나가 아니다. 그러니 이렇게 말해 보는 것도 좋을 것이다. 강은진의 시집은 찰나의 순간을 길게길게 늘어뜨림으로써 한없이 영원에 가깝도록 늘려 놓고 있다고 말이다. 이별의 순간으로부터, '그'가 '나'의 시야에서 정말 사라지기까지의 찰나의 시간을 영원에 가깝도록 늘어세우는 것이 바로 『달콤 중독』의 세계라고. 그 찰나의 순간은 그녀의 시집에서 영원과 같아서, 강은진의 화자는 그 순간 속에 머문다. 뒤집어서 말하자면, 그녀의 화자는 사랑의 세계에 머물기 위해 이별의 찰나를 영원에 가깝게 늘어뜨린다. 마치 순례자처럼. 이미 죽어 버린 신의 주변을 계속해서 걷는 사람처럼. 그래서 강은진의 말들은 어떤 말로도 채울 수 없고 어떤 말로도 가릴 수 없게 된 '그'라는 공백의 가장자리를 걸으며 말을 멈추지 않는다.

여기에 없는 당신이 이 밤으로 스며들 때
기차의 반대 방향으로 돌아누우며
나는 죽은 자들과 좀 더 가까워졌다고 믿는다

당신이 써 놓은 '우리'라는 글자가
죽은 사람의 입김처럼 쓸쓸해지면

미안, 아직도 가끔 두근거릴 때가 있어
—「검정에 가까운 보라」 부분

문밖에서 밤새 울던 고양이의 굶주림을
외로움으로 여긴 적이 있었다

그는 외로웠던 걸까 배가 고팠던 걸까
아니면 죽음이라도 믿었을까
—「이즘」 부분

둘이었던 연인 가운데 한 사람이 떠났을 때, 우리는 그
것을 이별이라고 부르지만 이별이 꼭 사랑의 종언을 가리
키지는 않는다. 한 사람이 떠났다고 해서 사랑은 사라지는
것이 아니며, 오히려 그 과정을 통해 사랑은 보다 정확하고
확고하게 그 흔적을 누군가의 몸과 마음에 새긴다. 강은진

의 시가 음각하고 때로는 양각하고자 하는 세계란, 바로 이
흔적들의 세계일 것이다. 계속되는 일인칭의 어투와 의문
형의 서술어들, 불투명한 수신자를 향하는 애상의 말들은
흔적들로부터 피어나는 말들이다. 그렇기에 말들 속에서
강은진의 화자는 "두근"거린다. 그 두근거림은 사랑의 속삭
임이면서 통증이며, 부재를 양각하는 기표이다. 그러니 이
것은 낭만적이면서, 일정량의 슬픔이 스며들어 있는 육체
의 신호이고, 더는 복원할 수 없게 된 사랑에 대한 충실함
의 증거이다. 바로 이 두근거림으로부터 그녀의 화자는 다
시금 '그'를 떠올린다. 그러나 여기에서도 '그'는 해석 불가
의 기표로 남아 있을 뿐, 어떤 실체로써 감각될 수 없다. 해
석될 수 없는, 그러나 해석될 수 없기에 지속될 수 있는 사
랑. 그러니 이것은 달콤하고 중독적이면서도 중독(中毒)이
라는 단어가 의미하는 바처럼, 화자의 육신을 갉아먹는 달
콤함이다.

너는 낯선 냄새를 풍기며
한 번도 본 적 없던 자세로 나를 기다려

말해 봐, 그 순간에 대해

문을 닫고 돌아선 너에게서 바람이 일고
예감은 불안한 평화와 기묘하게 섞여 든다

흐트러진 발자국들의 방향으로
굶주린 모기떼처럼 달려들던 이상한 글자들

말해 봐 제발, 그 순간에 대해

숨이 멎는다는 건
한 번도 이루어진 적 없던 기도들의 모욕을 잊을 만큼
황홀한지 아픈지

너는 나를 이끌고 어떤 시간과 공간 위를 활공해
저기 우리가 있던 숲을 봐, 너는 말하지

사소한 호수와 사소한 둥지와 사소한 감정들
멀리서 보면 슬프지도 무섭지도 않아서
멀고 낯설어서 네가 좋았어

하지만 너는 죽었잖아

연무처럼 뿌옇고 투명한 너의 몸을 관통하며
나는 폭신한 잠옷을 입고 깊이 심호흡을 한 다음
너와 소리 없는 말들을 교환한다

이젠 어디에나 있고 어디에도 없는 너

—「질식」전문

그럼에도 불구하고. 강은진의 시가 떠올리는 바에 대해 한마디로 정의한다면 그것은 '그럼에도 불구하고'라는 말일 것이다. 그럼에도 불구하고 강은진의 시는 계속되며, 부재하는 그는 기표를 통해서만 계속해서 현전한다. 오직 '너', 혹은 '그'라는 한 음절의 말을 통해서만, 실체가 아닌 기표로써만 현전한다. 그렇기에 이 시집에서 화자의 부름은 안타깝다. 여기에는 어떠한 실체도 담길 수 없기에 서글프고 괴롭다. 그렇지만, 그 부름은 늘 달콤하고 중독적이기에 화자는 '그럼에도 불구하고' 계속해서 '너'를, 여기에 없는 사랑의 대상을 부른다.

반복이라고 부를 법한 이 현전 속에서 강은진의 시는 밀도를 더해 간다. 밀도를 더해 갈수록, 이 사랑 또한 어떤 불가해함을 암시하게 되는데, 그것은 죽음에 대한 실감이면서 그를 애도하지 않고 계속해서 간직하겠다는 우울함의 의지로 변화해 간다. 왜 그것을 지속하는가, 왜 상실의 기억을 되뇌며 고통을 반복하는가에 대해 강은진의 시가 내놓는 해답은 다시금 '사랑'이다. "멀고 낯설어서 네가 좋았어"라는 짧은 말. 그럼에도 이 말이 반복되고, 그 반복 속에서 죽은 이의 부재가 선명해지면 선명해질수록, 사랑의 깊이는 실체화된다. 그 의미가 명확해지지 않은 채로, 오직 깊이만이 실체화되는 것이다. 그리고 이 실체화되는 사랑의 깊이 속에서, 우리가 다시금 바라보게 되는 것은 사랑에 대해 말하는 화자이다.

앞에서 말했던 바를 빌려 오자면, '그'라는 기표 없이는 말해질 수 없는 '나'인데, 여기에는 이중의 공백이 자리한다. 해석될 수 없으며 의미화될 수 없다는 점에서 의미의 공백인 '너'와 그럼에도 불구하고 '너'를 거치지 않고서는 말해질 수 없는 '나'라는 이중의 공백. 강은진의 사랑이란 이 이중의 공백 속에서의 진동인 셈이고, 이 진동의 이름을 강은진은 '사랑'이라고 부르고 있는 것 같다.

내 왼쪽 눈은 이제 빛나지 않아
있잖아 딤, 그건 말야
내 눈이 너무 많은 빛을 흡수한다는 거야

(중략)

이상하지 딤,
반짝인다는 건 힘껏 버틴다는 건데
그 많은 빛들이 내 눈으로 쏟아져 들어와서는 사라져 버려
마치 목매 죽은 사람의 풀려 버린 괄약근처럼

눈을 뜨면 조금 어둡고
눈을 감아도 조금 어두워
거기 있지? 딤?

어떤 감각 내부에
슬픔과 두려움의 중간쯤인 감정이 있어

너를 향해 느닷없이 빛나는 촉수가 자라난다

(중략)

네가 부르는 소리 없는 노래를 따라
나는 마침내 있는 힘껏 진공이 될 거야

─「오드 아이드 캣」부분

그러니 화자가 「오드 아이드 캣」에서 밝히는 증상이란 어쩌면 필연적인 반응일지도 모른다. "반짝인다는 건 힘껏 버틴다는 건데"라는 말처럼, 그의 눈은 반짝이며 세상을 바라보지만 그 반짝임은 어떤 의미에도 정박하지 못한 채 흩뿌려지고 만다. 의미화될 수 없는 세계 속에서, 부재를 견디며 살아간다는 것은 이런 것일지도 모른다. 의미화될 수 없는, 혹은 복원될 수 없는 '그'로 인해, '나'의 세계에는 어떤 빛조차도 오래 머물지 못한다. 그렇기에 이 시에서 화자가 마지막에 이르러 "네가 부르는 소리 없는 노래를 따라/나는 마침내 있는 힘껏 진공이 될 거야"란 상징적 죽음에 대한 일종의 유언이다. 다만, 그 유언은 동시에 사랑에 대한 증언 같은 고백이다. 오직 유언으로서만 증언될 수 있는 사랑이 있음에 대한 고백이자, 수신인에게 도착할 수 없는 사랑의 속삭임. 그러니 이제 달콤함이라는 미감은 주관적인 것이되 타자를 위한 헌신으로 그 의미를 달리하게 되고, 중독이란 단절해야 할 상태가 아니라 사랑을 위한 헌신의 몸

의 감각으로 그 의미가 덧씌워진다. 「달콤 중독」의 이면이
란, 삼키고 난 후에도 입에 남아 있는 그 미각의 잔향이란
이런 것이다.

> 어지럼증을 앓는 사람의 눈빛으로 새벽이 오기도 했다
> 너의 밤과 나의 아침이 뒤섞이고
> 보이는 사람과 보이지 않는 사람이 있고
> 누군가 자기 그림자를 밟고 넘어지는 시간
> 일그러진 얼굴 위에 서늘한 잠이 고인다
>
> 둥근 빵의 가운데를 도려내며 하고 싶은 말이 있었다
> 빈자리에 듬뿍 오렌지 마멀레이드
> 침묵이 스며들도록 깊이 오렌지 마멀레이드 오렌지 마멀
> 레이드
>
> 설탕에 대한 상상만으로 기분은 쉽게 시작되는데
> 놀란 새 떼처럼 마구 흩어지는 나의 목소리
>
> 내 사랑은 굳이 따지자면 소금 쪽이야
> ──「오렌지 케이크가 익어 가는 아침」 부분

어쩌면 우리는 이 입속의 달콤함을 사랑에 대한 책임감
이라고, 부재하는 타자에 대한 헌신이라고 말해 볼 수도 있
겠다. 하지만 그렇게 무거운 말 대신에, 강은진이 선택하는

"오렌지 마멀레이드"라는 단어를 입속에 담아 보는 것이 더 나을 것이다. 그 미감을 조금이라도 느낄 수 있도록 계속해서 되뇌어 보는 것이다. 마치, 지나간 사랑을 내 몸에 새기듯이. 강은진에게 있어 그것은 입안을 맴도는 달콤함이며, 그 달콤함은 기억 속에서 더 강렬하게 느껴지는 단맛이다.

실패한 예언처럼
절망은 손쉽게 복원되고
바람의 반대 방향으로 파고드는 새들의 슬픔

지금은 상심한 영혼들이 지나는 통로, 저녁이야.

어쩐지 나는 금방 죽어 버릴 사람처럼
노래하듯 중얼거리고
두 눈을 오래오래 바라보며 인사를 하고
그림자가 사라질 때까지 손을 흔들지

보이지 않는 것을 응시하는 어린 영매의 눈빛과
오후와 밤 사이의 공백에 대한 연민이 필요해

내 귀엔
달콤하고 쓸쓸한
모래알들의 노래

내일의 물결에 흔적 없이 사라져 버릴

투명한 신기루의 시간을 살고 있어

                          —「모래로 만든 저녁」 전문

  다만 여기까지 따라온 독자라면, 그 달콤함의 의미를 다시금 생각해 볼 수밖에 없을 것이다. 달콤과 중독이라는 두 단어의 이면에 대해, 양면을 모두 삼켜 버릴 수밖에 없는 사랑에 대해, 유언을 통해 증언할 수밖에 없는 사랑에 대해. 그러니 이야기는 다시 처음으로 되돌아온다. 사랑이다. 텅 빈 자리에 자신을 비춰 볼 수밖에 없는, 남겨진 사람의 입안에 남겨진 달콤함으로 되돌아오는 사랑. 그렇다면 이것은 송가(Ode)일까, 아니면 장송곡(Requiem)일까. 어쩌면 사랑은 늘 이렇게 송가와 장송곡의 사이에 놓여 있는지도 모른다. 두 양식의 사이에서 미묘한 진동을 반복하면서, 중독성 있는 달콤함으로 우리의 입안에 남아 있는 지나간 사랑의 맛처럼 말이다. 그것을 우리는 이제 모래알들의 노래라고 부를지도 모른다. 달콤하고 쓸쓸한, 입에 남아 버리고만 그 맛을 계속해서 부르고야 마는 것이다.

  ……그리하여 깨닫고 만 것이다. 그와 헤어지고 나서야, 그에게 길들여져 있음을. 어린 왕자와 단 한 송이의 장미꽃처럼, 혹은 파울 클레의 「This flower wishes to fade」의 빛깔처럼 영원한 사랑을. 우리가 바라던 것들은 헤어지고 나서야 실현되고야 마는 것이다.